劉小屁

本名劉靜玟，小屁這個名字是學生時代與朋友一起組合而來的稱呼，因為有趣好笑又充滿美好的回憶，就將它當筆名一直沿用著。目前專職圖文創作家，接插畫案子、寫報紙專欄，作品散見於報章與出版社，並在各大百貨公司與工作室教手作和兒童美術。開過幾次個展，持續不斷的在創作上努力，兩大一小加一貓的日子過得幸福充實。

2010 年　第一本手作書《可愛無敵襪娃日記》

2014 年　ZINE《Juggling from A to Z》

2019 年　《小屁的動物成長派對》（共 6 本）

2020 年　《貝貝和好朋友》（陸續出版中）

貝貝和好朋友──生日時刻

文　　圖	劉小屁
攝　　影	Steph Pai
責任編輯	朱永捷
美術編輯	黃顯喬

發 行 人	劉振強
出 版 者	三民書局股份有限公司
地　　址	臺北市復興北路 386 號 (復北門市)
	臺北市重慶南路一段 61 號 (重南門市)
電　　話	(02)25006600
網　　址	三民網路書店 https://www.sanmin.com.tw

出版日期	初版一刷 2020 年 11 月
書籍編號	S318911
I S B N	978-957-14-6981-2

貝貝和好朋友

生日時刻

劉小屁／文圖

三民書局

今天是難得的休息日，我要做好多我喜歡的事來度過這一天。

今天是貝貝的生日，我們要幫最好的朋友辦一個最棒的生日派對！

洗ㄒㄧˇ洗ㄒㄧˇ臉ㄌㄧㄢˇ、刷ㄕㄨㄚ刷ㄕㄨㄚ牙ㄧㄚˊ，

換ㄏㄨㄢˋ上ㄕㄤˋ最ㄗㄨㄟˋ帥ㄕㄨㄞˋ的ㄉㄜ˙衣ㄧ服ㄈㄨˊ，

準ㄓㄨㄣˇ備ㄅㄟˋ迎ㄧㄥˊ接ㄐㄧㄝ美ㄇㄟˇ好ㄏㄠˇ的ㄉㄜ˙一ㄧ天ㄊㄧㄢ。

動ㄉㄨㄥˋ動ㄉㄨㄥˋ手ㄕㄡˇ、動ㄉㄨㄥˋ動ㄉㄨㄥˋ腦ㄋㄠˇ，
大ㄉㄚˋ家ㄐㄧㄚ認ㄖㄣˋ真ㄓㄣ的ㄉㄜ分ㄈㄣ配ㄆㄟˋ工ㄍㄨㄥ作ㄗㄨㄛˋ。

「出門囉！」

「路（ㄌㄨˋ）上（ㄕㄤˋ）小（ㄒㄧㄠˇ）心（ㄒㄧㄣ）！」

貝ㄅㄟˋ貝ㄅㄟˋ決ㄐㄩㄝˊ定ㄉㄧㄥˋ去ㄑㄩˋ附ㄈㄨˋ近ㄐㄧㄣˋ的ㄉㄜ˙公ㄍㄨㄥ園ㄩㄢˊ走ㄗㄡˇ走ㄗㄡˇ。

妮ㄋㄧ妮ㄋㄧ則ㄗㄜ是ㄕ準ㄓㄨㄣ備ㄅㄟ到ㄉㄠ農ㄋㄨㄥ場ㄔㄤ摘ㄓㄞ些ㄒㄧㄝ蔬ㄕㄨ菜ㄘㄞ。

貝貝在公園找到了一張長椅坐下，
拿出最喜歡的書。

妮ㄋㄧˊ妮ㄋㄧˊ也ㄧㄝˇ摘ㄓㄞ了ㄌㄜ好ㄏㄠˇ多ㄉㄨㄛ的ㄉㄜ蔬ㄕㄨ菜ㄘㄞˋ，
準ㄓㄨㄣˇ備ㄅㄟˋ回ㄏㄨㄟˊ家ㄐㄧㄚ做ㄗㄨㄛˋ沙ㄕㄚ拉ㄌㄚ 。

晒著溫暖的陽光，看著最喜歡的書，
好幸福啊！

而ㄦˊ這ㄓㄜˋ時ㄕˊ候ㄏㄡˋ，小ㄒㄧㄠˇ圓ㄩㄢˊ看ㄎㄢˋ著ㄓㄜˋ食ㄕˊ譜ㄆㄨˇ認ㄖㄣˋ真ㄓㄣ研ㄧㄢˊ究ㄐㄧㄡˋ。

「製作蛋糕需要

1個蛋糕模、2張烘焙紙、

3個擠花袋、牛奶4大匙，

還有5顆雞蛋……

嗯——感覺真好吃！」

要準備的東西真不少呢，
小咩打開色彩繽紛的布，
喀擦喀擦的做出了好多三角旗。

為了煮出最棒的魚湯，
阿雄來到河邊釣魚。

結果只釣到３條魚，
要怎麼分呢？

啊！還好還好，妮妮和小咩
不吃魚，這樣剛剛好！

天色漸漸變暗，貝貝帶著滿足的心情，在路上買了一束花，慢慢散步回家。

妮ㄋㄧˊ妮ㄋㄧˊ、小ㄒㄧㄠˇ圓ㄩㄢˊ、阿ㄚ雄ㄒㄩㄥˊ與ㄩˇ小ㄒㄧㄠˇ咩ㄇㄧㄝ

都ㄉㄡ完ㄨㄢˊ成ㄔㄥˊ了ㄌㄜ自ㄗˋ己ㄐㄧˇ的ㄉㄜ工ㄍㄨㄥ作ㄗㄨㄛˋ。

大家手忙腳亂，要在貝貝抵達這裡前布置好才行！

「咦ˊ？這ㄓㄜˋ是ㄕˋ什ㄕㄣˊ麼ㄇㄜ˙？」

貝ㄅㄟˋ貝ㄅㄟˋ在ㄗㄞˋ家ㄐㄧㄚ門ㄇㄣˊ口ㄎㄡˇ發ㄈㄚ現ㄒㄧㄢˋ一ㄧ張ㄓㄤ神ㄕㄣˊ祕ㄇㄧˋ的ㄉㄜ˙卡ㄎㄚˇ片ㄆㄧㄢˋ。

卡ㄎㄚˇ片ㄆㄧㄢˋ上ㄕㄤˋ寫ㄒㄧㄝˇ著ㄓㄜ：

「下ㄒㄧㄚˋ午ㄨˇ 6:00 請ㄑㄧㄥˇ到ㄉㄠˋ這ㄓㄜˋ裡ㄌㄧˇ集ㄐㄧˊ合ㄏㄜˊ喔ㄛ ！」

於是ㄕˋ，好ㄏㄠˇ奇ㄑㄧˊ的ㄉㄜ貝ㄅㄟˋ貝ㄅㄟˋ帶ㄉㄞˋ著ㄓㄜ卡ㄎㄚˇ片ㄆㄧㄢˋ，

出_{ㄔㄨ}發_{ㄈㄚ}前_{ㄑㄧㄢˊ}往_{ㄨㄤˇ}目_{ㄇㄨˋ}的_{ㄉㄧ}地_{ㄉㄧˋ}。

貝貝

生日快樂♥

HAPPY BIRTHDAY

數學補給站

臺北市立大學數學系教授　蘇意雯

　　在這本繪本中，家長可以藉由書中同伴們幫貝貝準備慶生會，帶領小朋友了解時間的流動以及認識時刻。時間在我們的日常生活中相當重要，但是因為時間有流動性、不可逆性、以及沒有實體需要藉助鐘錶、月曆等工具加以溝通的特徵，所以比起其他常見的量，例如長度、面積、重量等，時間更不容易捉摸及學習。

　　時間包含了時刻和時間量兩個概念。時刻指的是一個時間點，時間量則是指兩個點之間的距離，是兩個時刻的間隔，也就是指兩個時刻間經過的時間有多少。我們可以藉由事件發生的先後和時間量的長短來幫助小朋友認識時刻和時間量的意義。

　　在繪本中，我們可以隨著準備慶生會的敘述，讓小朋友進行幾個事件發生先後順序的辨識活動。從分辨事件發生的先後順序，察覺到先發生的事件時刻比較早，而感受時刻先後的存在。家長可以利用繪本，以上午、下午、今天、明天等語詞，適時提問書中人物先做什麼再做什麼，讓小朋友感覺時刻的存在，接著再從事件經過的時間量長短，來察覺時間量的存在，形成對時間的初步認識。

　　舉例來說，我們可以利用繪本上出現的日曆，讓小朋友學習查閱日曆上的日期，知道貝貝生日是「2月2日星期二」，並利用右下方鐘面所顯示的時刻，讓小朋友進行「整點」與「半點」的報讀。當小朋友在報讀整點和半點時，我們經由指針的長短，稱鐘面的指針為長針和短針，當了解到短針是報

讀幾時，長針是報讀幾分的時候，短針就是時針，長針就是分針，兩者的意義就可從中顯現。

　　時間的觀念非常抽象，家長可以多利用生活體驗，讓小朋友了解。例如當我們搭乘高鐵時，時刻表上標記上午 9 時 31 分從臺北站出發，11 時 5 分到達左營站，共經過 1 時 34 分。此時的 9 時 31 分及 11 時 5 分代表的是時刻，1 時 34 分代表的是時間量，也就是所花費的時間。家長可以隨時利用時機，教導小朋友認識時間的概念。

與孩子的互動問答

★貝貝是幾點起床呢？

★妮妮摘了好多的蔬菜，數數看，有多少種？每一種有多少個？

★如果阿雄希望每個朋友都能分到一條魚，阿雄應該要釣幾條呢？

★卡片上寫著下午 6:00 集合，貝貝還有多少時間才能準時到目的地呢？